Inhalt

# Das Nest im Wald

Das war ein dichter, finsterer Wald! Und kaum ein Mensch kam je dorthin. Warum kaum ein Mensch dorthinkam? Weil der Wald von Autobahnen ganz umschlossen war.
Kein Wunder, daß es in diesem finsteren Wald aufregende Dinge gab, zum Beispiel das letzte Drachennest der Welt. Zwei riesige geflügelte Drachen hausten dort. Genauer gesagt: Sie hatten dort gehaust. Was Drachen sind? Nun, das weiß schließlich jeder. Es sind sehr gefährliche Wesen, die Feuer speien und einen giftigen Atem haben. Sie sehen aus wie Krokodile, Löwen, Schlangen und Raubvögel in einem, groß und furchterweckend.
Aber es gibt natürlich auch kleine und ganz

kleine. Und in diesem dichten, finsteren Wald ließen böse Dracheneltern ihr Kind, den kleinen grünen Drachen Flitze Feuerzahn, zurück.
Weshalb sie Flitze Feuerzahn zurückließen? Weil ihm keine Flügel gewachsen waren und er nur mit einem Zahn ein bißchen Feuer speien konnte. Außerdem wurde er seit Jahren keinen Zentimeter größer. Was sollte man mit so einem Kind?
Doch zum Glück hatte Flitze Feuerzahn inzwischen ein paar Freunde gefunden: den Raben Raps, die Kinder Stefanie und Jakob und Käpt'n Buddelmann.

## Unerwartete Drachenmahlzeit

Der Abend lag über dem Wald. Der kleine grüne Drache hatte sich in seinem Nest zusammengerollt und schlief.
Laut krächzend flog Rabe Raps heran.
„Ich dachte schon, hier werden alle Bäume abgesägt!" weckte er Flitze Feuerzahn. „Du schnarchst, daß einem angst und bange wird."
Schlaftrunken blinzelte der kleine grüne Drache ihn an. „Ich schnarche nie."
„Sagst du! Weil du dich nie selber hörst."
Rabe Raps setzte sich neben das Nest. Er wunderte sich, daß Flitze Feuerzahn so früh zu Bett gegangen war.
„Ich war eben müde."
„Aber jetzt wirst du gleich wieder munter sein", versprach Rabe Raps. „Denn Käpt'n

Buddelmann wartet auf uns an der Autobahn."
Käpt'n Buddelmann wartete an der Autobahn? Wollte er zusammen mit den Kindern noch einen Abendausflug machen? Nein, der Käpt'n war allein. Er hatte eine Bitte an den kleinen grünen Drachen und an Rabe Raps. Sie sollten ihm und Witwe Kraft behilflich sein.
Flitze Feuerzahn gähnte. Er zeigte sich durch diese Nachricht keineswegs sehr ermuntert. Zumal er vor der Hausbesitzerin Kraft etwas Angst hatte. „Du weißt ja, daß sie mich küssen will", sagte er.
Da mußte Rabe Raps lachen. Anfangs hatte sich die Witwe Kraft gegen einen Drachen in ihrem Haus aufgelehnt. Woraufhin ihr der Käpt'n aber erzählte, daß es sich um einen verzauberten Prinzen handelte. Mit einem Kuß sei dieser aus dem Drachenleib erlöst.

„Das hat die nie geglaubt", sagte Rabe Raps.
„Und wenn doch?" wandte Flitze Feuerzahn ein.
„Dann gibst du ihr eben auch einen Kuß. Und beschwerst dich, wenn aus ihr keine schöne, junge Prinzessin wird."
Doch inzwischen hatte sich die Witwe Kraft an den kleinen grünen Drachen gewöhnt.
„Im Haus Elsterplatz Nummer 1 steht eine Drachenmahlzeit bereit", lockte Rabe Raps. „Und für mich werden zusätzlich fünf Eier gekocht!"
Eine Drachenmahlzeit? Der kleine grüne Drache bekam eine feuchte Schnauze. Eine Drachenmahlzeit hatte es bei Kurdirektor Sonnenschein gegeben. Fruchtsalat, Krabbensalat, Grüner Salat, Hühnersalat. Doch eine Drachenmahlzeit gab es bestimmt nicht umsonst.
„Und was müssen wir dafür tun?"

„Nichts weiter", erwiderte Rabe Raps, „nur ein bißchen aufs Haus aufpassen. Damit nichts gestohlen wird."

Warum konnten Käpt'n Buddelmann und Witwe Kraft nicht selber aufpassen?

Nun, sie waren für acht Uhr eingeladen. Zu einem Essen vom Kapitänsverein. Es wurde zu Ehren von Käpt'n Buddelmann gegeben.

„Weil er nämlich morgen Geburtstag hat", berichtete Rabe Raps.

Trotzdem verstand der kleine grüne Drache noch nicht ganz. Waren Häuser denn nicht abzuschließen?

„Und wenn das Schloß an der Tür mal kaputt ist und am Abend kein Handwerker mehr kommt?"

Flitze Feuerzahn wiegte den Drachenkopf. Man mußte demnach mit Dieben, Einbrechern und Räubern rechnen. Es würde bestimmt Mitternacht werden. Und da fing

auch noch die Geisterstunde an.
„Manchmal zweifle ich daran, daß du ein Drache bist“, sagte Rabe Raps.
Was Flitze Feuerzahn überhörte. Er fauchte einmal kurz zur Probe und ließ einen kleineren Feuerstrahl ins nasse Gras fahren. Dann griff er zu der Zahnbürste, die ihm Zahnarzt Doktor Brückengold geschenkt hatte. Damit putzte er den Feuerzahn ausgiebig am Bach. Rabe Raps sah ihm beifällig zu.
„Ich bin bereit!“ meldete Flitze Feuerzahn.
„Sie sind bereit!“ meldete Käpt'n Buddelmann, als er mit Rabe Raps und dem kleinen grünen Drachen das Haus am Elsterplatz betrat.
Witwe Kraft suchte in ihrem Schlafzimmer nach einer Rose, die sie sich anstecken wollte. „Haben Sie meine Rose gesehen, Herr Buddelmann?“ rief sie aufgeregt.
Käpt'n Buddelmann war verwirrt. Er hatte

„Hose" verstanden. Und dieses Kleidungsstück paßte weder zum festlichen Essen noch zu Witwe Krafts Figur.
Das Mißverständnis klärte sich rasch auf. Und Rabe Raps bot an, mit einer losen Feder auszuhelfen. Auch Indianer trügen Federschmuck.
Sie sei aber keine Indianerin und sähe schon grundsätzlich wie eine alte Krähe aus, sagte Witwe Kraft. Wogegen Käpt'n Buddelmann laut protestierte. Dann zog er Flitze Feuerzahn und Rabe Raps in sein Wohnzimmer. Dort war für die beiden gedeckt.
„Wenn ihr wollt, könnt ihr euch die Sachen anziehen, die ihr von den Kindern bekommen habt", meinte er, „sie liegen hier im Schrank."
Der kleine grüne Drache überlegte. Zur Mahlzeit konnte sein Hemdchen mit dem aufgeklebten F eigentlich ganz hübsch

aussehen. Aber später? Wenn es vielleicht um Räuber und Diebe ging?
„Dann sind wir wieder ganz Natur“, entschied Rabe Raps und setzte sich die rot-weiße Mütze auf.
Witwe Kraft rauschte im Abendkleid herein.
„Meinen Sie, daß ich ohne Rose gehen kann, Herr Buddelmann?“
Nun, es fehlte schon etwas an der Witwe Kraft.
„Wenn Sie wenigstens tätowiert wären“, beklagte der pensionierte Kapitän.
Witwe Kraft rauschte wieder hinaus.
„Und jetzt laßt es euch schmecken!“ forderte Käpt'n Buddelmann die beiden auf.
Der kleine grüne Drache und Rabe Raps langten kräftig zu. Wobei sie mit vollem Maul und vollem Schnabel noch einmal den Wachdienst besprachen. Wie sollte man sich beispielsweise verhalten, wenn die Eindringlinge zu Feuerwaffen griffen?

Käpt'n Buddelmann hielt dies für ausgeschlossen. „Diebe schießen nicht", meinte er.
„Wir sollen sie also nur verscheuchen?" erkundigte sich Rabe Raps.
Käpt'n Buddelmann stimmte dem zu. Wenngleich er sich nur Gedanken für den Fall gemacht hatte, daß ein einzelner Einbrecher kam. „Den könntet ihr natürlich fangen", sagte er.
Einen Einbrecher fangen? Dem kleinen grünen Drachen blieb vor Schreck eine Krabbe, dem Raben Raps ein halbes Ei im Hals stecken. Wie sollten sie so etwas fertigbringen?
Doch auch daran hatte Käpt'n Buddelmann gedacht. Er ging zu seinem Schreibtisch und nahm ein Nudelholz hoch: „In Frau Krafts Küche ausgeliehen!" strahlte er. Das Holz wurde hin und her geschwungen und landete dann auf einem harten Sofa-

kissen. Es gab einen dumpfen Ton.
„Aha, Methode Holzhammer“, nickte Rabe Raps.
Käpt’n Buddelmann trat an einen Stuhl und wies auf drei Stricke. „Damit wird der Bösewicht dann gefesselt. Ihr schafft das schon.“

## Auf Wache

Käpt’n Buddelmann und Witwe Kraft verließen das Haus. Doch natürlich nicht, ohne ihre Wächter noch einmal freundschaftlich zu ermahnen.
Gegen neun sollte im ganzen Haus das Licht brennen. Was mögliche Diebe schon etwas abhalten könnte. Und von elf Uhr an sollte das Radio angestellt werden, damit der kleine grüne Drache und Rabe Raps nicht etwa einschliefen.
„Noch nie so wach wie heute gewesen“,

versicherte Rabe Raps.
Flitze Feuerzahn konnte dies nicht mit gutem Gewissen sagen. Die Drachenmahlzeit hatte ihn schläfrig gemacht.
Rabe Raps hatte sich auf den Lehnstuhl von Käpt'n Buddelmann geschwungen.
Flitze Feuerzahn saß auf dem Sofa.
Er versuchte immer wieder, die Hinterbeine hinaufzuziehen, ohne daß es sein Freund Raps merkte.
„Wenn du erst liegst, schläfst du auch gleich ein", warnte Rabe Raps. „Außerdem, sieh dir deine Drachenfüße an!"
Flitze Feuerzahn wusch sich seine Füße jeden Tag.
„Trotzdem sind Drachenfüße bestimmt immer ein bißchen schwarz", meinte Rabe Raps.
Daraufhin schwieg der kleine grüne Drache etwa zehn Minuten lang.
Doch das Schweigen machte ihn noch mü-

der. Und darum sang er ein Lied vor sich hin.
Was Flitze Feuerzahn sang?
„Heile, heile Gänschen — Es wird schon wieder gut — Der Flitze hat ein Schwänzchen — Es wird schon wieder gut."
Rabe Raps horchte auf.
„Hat mir meine Mutter manchmal vorgesungen. Als ich noch ganz klein war", erklärte Flitze Feuerzahn.
„Ich denke, deine Mutter konnte dich nicht leiden?"
„Da wußten meine Eltern ja noch nicht, daß ich keine Flügel kriegen würde", antwortete der kleine grüne Drache. Und er fügte hinzu: „Bei manchen Drachen kommen die nämlich später."
Und er sang noch einmal: „Heile, heile Gänschen — Es wird schon wieder gut — Der Flitze hat ein Schwänzchen — Es wird schon wieder gut."

Rabe Raps grinste: „‚Schwänzchen' ist rührend. Du bestehst ja fast nur aus Schwanz."
Wieder schwieg der kleine grüne Drache etwa zehn Minuten lang. Aber dann ärgerte er sich nicht mehr, sondern sang das Lied weiter: „Heile, heile Drachenspeck — In hundert Jahren ist alles weg."
Drachenspeck! Was sollte das nun wieder heißen? Rabe Raps flog zum Bücherschrank und schaute nach, ob es dort Bilderbücher gab.
Es gab keine Bilderbücher. Er fand nur einen Bildband über Walfische, Haie und andere unheimliche Tiere des Meeres.
Doch dabei fiel ihm etwas zum Singen ein. „Und der Haifisch, der hat Zähne — Und die trägt er im Gesicht."
Jetzt horchte Flitze Feuerzahn auf. Denn er dichtete gern ein wenig. Und so sang er anstelle von Raps weiter: „Nur der Raps hat

leider keene — Zumindest sieht man sie bei ihm nicht."
Dies löste eine lange Unterhaltung aus, die den kleinen grünen Drachen wieder munter machte. Nämlich über die Zähne der Vögel.
„Der Urvogel hat vor vielen, vielen Millionen Jahren noch welche gehabt", berichtete Rabe Raps, „und in dieser Zeit hatten wir Vögel auch noch Merkmale der Reptilien." Er lächelte seinem Feund zu. „Irgendwie sind wir demnach sogar verwandt."
Daß Rabe Raps mit den Kriechtieren, mit den Reptilien, verwandt sein sollte, erfreute Flitze Feuerzahn. So mußte Rabe Raps mehrmals wiederholen, was er vom Urvogel alles wußte.
„Hatte der auch einen Namen?" fragte Flitze Feuerzahn.
Rabe Raps dachte nach. Er kannte den Namen. Aber dieser war so schwer auszu-

sprechen, daß er ihn stets vergaß.
„Nun streng dich doch mal an!“
Rabe Raps strengte sich an. Und dann hatte er ihn endlich im Kopf.
„Ar - chae - op - te - ryx.“
„Archaeopteryx!“ Das klang fast so gut wie „Flitze Feuerzahn“. Doch eigentlich war der kleine grüne Drache ganz zufrieden, daß sein Freund „Rabe Raps“ und nicht „Archaeopteryx“ hieß. Denn so leicht war das nun wirklich nicht zu sprechen und zu behalten.
„Ich glaube, wir sollten jetzt überall das Licht anmachen“, beendete Rabe Raps das Thema.
Dazu war es jetzt höchste Zeit. Die beiden hatten es fast vergessen.
Knips, knips, knips: Jeder von ihnen betätigte den nächsten Schalter, den er fand. Wobei Rabe Raps schneller und wendiger war. Bei ihm hatte es elfmal „knips“ ge-

macht. Bei Flitze Feuerzahn nur siebenmal. Die beiden nahmen wiederum in Käpt'n Buddelmanns Wohnzimmer Platz. Es war inzwischen zehn Uhr geworden.

„Können wir nicht irgend etwas spielen?" gähnte Flitze Feuerzahn.

An was dachte er?

Der kleine grüne Drache dachte eigentlich an nichts. Weil er noch nie in seinem Leben gespielt hatte. Nur das Wort hatte er mal aufgeschnappt.

Da kannte sich Rabe Raps besser aus. Doch nun war auch er müde. Der lange Vortrag über den Urvogel hatte ihn angestrengt.

Auf einmal klingelte das Telefon.

Der kleine grüne Drache und Rabe Raps erstarrten.

„Da will jemand hören, ob einer zu Hause ist", flüsterte Rabe Raps.

Er brauchte nicht zu flüstern. Der Hörer war

noch nicht abgenommen.
Das Telefon klingelte weiter. Die beiden überlegten fieberhaft. Wenn am anderen Ende der Leitung ein Einbrecher war, konnte man ihm vielleicht einen Schrecken einjagen. Flitze Feuerzahn schlug vor, dreimal in den Hörer hineinzukrächzen.
Rabe Raps krächzte.
Nach einer Minute klingelte es erneut.
„Jetzt bist du dran, Flitze!“ sagte Rabe Raps. „Du fauchst dreimal hinein!“
Der kleine grüne Drache fauchte, so laut er konnte. Dann legte er wieder auf. Nun war der Anrufer bestimmt verscheucht. Flitze Feuerzahn und Rabe Raps atmeten auf.
Es klingelte zum drittenmal.
Ob man nicht nur hineinhören sollte, so daß sich der Anrufer zu erkennen gab?
Der Anrufer gab sich zu erkennen. Und zwar mit einem Wortschwall, der im ganzen Zimmer zu hören war.

„Hier Käpt'n Buddelmann. Seid ihr denn noch zu retten? Erst krächzt mir jemand ins Ohr, daß mir fast das Trommelfell platzt. Und dann wird mein rechter Gehörgang feucht gefaucht!"
„Verzeihung", sagte Rabe Raps, „wir dachten, es sei ein Dieb."
Käpt'n Buddelmann forderte zu weiterer Wachsamkeit auf. „Wir kommen ja bald wieder. Also, bitte nickt nicht ein!"

## Die Geisterstunde

Genau dies geschah. Und es schnarchte nicht nur Flitze Feuerzahn. Es schnarchte auch der Rabe Raps.
Wieder klingelte es.
„Käpt'n Buddelmann!" Der kleine grüne Drache fuhr hoch. Er blickte sich verstört zu Rabe Raps um. „Warum hast du mich

nicht wachgehalten?"
„Warum, warum!" krächzte Rabe Raps und versuchte sich den Schlaf abzuschütteln. Diesmal war es nicht das Telefon. Es klingelte an der Haustür vom Elsterplatz Nummer 1.
Entsetzt blickte der kleine grüne Drache zur Uhr auf Käpt'n Buddelmanns Schreibtisch. Zehn nach zwölf! Geisterstunde! Vor zehn Minuten hatte die Geisterstunde begonnen.
„Geister klingeln nicht", erklärte Rabe Raps.
Dann mußte es ein Einbrecher sein.
„Oje! Oje!" stöhnte Flitze Feuerzahn.
Die Klingel erscholl erneut durch den langen Korridor.
Rabe Raps bemühte sich, einen klaren Kopf zu bewahren. Das klügste war es, wenn sich Flitze Feuerzahn hinter der Zimmertür versteckte. Er selbst wollte den Kor-

ridor hinunterspähen.
„Nimmst du das Nudelholz?“
Soweit war es noch nicht.
„Oje! Oje!“ kam es jetzt auch von Rabe Raps.
Denn die Türklinke bewegte sich. Sie wurde Zentimeter um Zentimeter hinuntergedrückt.
Irgend etwas pochte laut. Rabe Raps lauschte zur Zimmertür. Es war Flitze Feuerzahns Herz.
„Kommt jemand herein?“ flüsterte der kleine grüne Drache.
Die Haustür wurde langsam geöffnet. Es kam jemand herein.
„Ein Räuber“, stellte Rabe Raps fest.
War es ein Räuber? Rabe Raps hatte keinen Zweifel daran. Der Mann, der zögernd eintrat, war unrasiert und hatte eine schwarze Augenklappe über dem rechten Auge.
Außerdem trug er ein rotes Halstuch, aus-

gefranste Hosen und abgetretene Schuhe. Nur Räuber sahen so aus.
„Ist hier jemand?“ fragte der Räuber laut. Rabe Raps hatte sich ebenfalls hinter die offenstehende Zimmertür zurückgezogen. Um mit dem kleinen grünen Drachen einen Schlachtplan zu machen. Er wollte bis drei zählen. Dann sollten beide in den Korridor stürzen. Krächzend und fauchend. So schrecklich, wie es nur ging.
„Soll ich Feuer speien?“
„Das heb dir auf, bis es zum Nahkampf kommt.“
Zum Nahkampf! Der kleine grüne Drache zuckte zusammen. Das Herz pochte jetzt wie wild.
„Am besten, du setzt ihm seine Hose in Brand!“
Warum sollte Flitze Feuerzahn ausgerechnet die Hose des Räubers in Brand setzen? Rabe Raps hatte natürlich seinen

Plan. Wenn sich der Räuber bückte, um das Feuer zu löschen, war dies der geeignete Moment für das Nudelholz.
„Hast du es jetzt zur Hand?" fragte der kleine grüne Drache. Um ihn herum sah alles plötzlich ganz verschwommen aus.
Rabe Raps hatte das Nudelholz zur Hand. Er lauschte auf die ersten Schritte des Räubers. Sie kamen langsam näher.
Donnerwetter! Rabe Raps hatte die Ruhe weg.
Und noch ein paar Schritte! Und noch ein paar Schritte! Endlich fing Raps leise zu zählen an.
„Eins... zwei... drei!"
Krächzend und fauchend stürzten sie auf den Korridor hinaus.
Der Räuber fuhr zusammen.
Doch Sekunden später hatte er sich gefaßt.
„Das ist ja Flitze Feuerzahn", murmelte er.
„Und offenbar der Rabe Raps, von dem mir

Freund Berthold Buddelmann berichtet hat."

Der kleine grüne Drache und Rabe Raps vernahmen seine Worte nicht. Sie waren viel zu sehr mit Krächzen und Fauchen beschäftigt. Und während Rabe Raps um den Eindringling herumflatterte, näherte sich Flitze Feuerzahn dessen linkem Hosenbein.

„Spei!" rief Rabe Raps.

„Was soll ich?"

„Du sollst Feuer speien!"

Endlich kam der erste Feuerstrahl. Der Mann mit der Augenklappe schrie auf. „Ja, was machst du denn da, Flitze Feuerzahn? Bist du verrückt geworden?"

Der kleine grüne Drache spie noch einen Feuerstrahl.

Und jetzt bückte sich der Einbrecher, um zwei kleine Flammen an seiner Hose zu ersticken. Er schlug mutig mit der flachen Hand darauf.

Aber was nützte ihm dieser Mut? Denn schon war das Nudelholz über seinem Kopf. Kurz entschlossen ließ Rabe Raps es niedersausen. Man hörte nur noch einen kleinen Seufzer. Dann war es still. Der Räuber lag am Boden. Alle viere ausgestreckt. „War das auch nicht zu stark?" fragte der kleine grüne Drache atemlos.
Rabe Raps hatte sehr überlegt zugeschlagen. Nicht zu schwach. Und nicht zu hart. „Ja, wahrlich Maßarbeit", bewunderte ihn Flitze Feuerzahn.
Die Stricke mußten her. Der kleine grüne Drache holte sie. Während Rabe Raps zur Sicherheit das Nudelholz wieder in die Höhe hielt. Dazu sang er vergnügt: „Heile, heile Gänschen — Es wird schon wieder gut — Der Räuber macht ein Schläfchen — Es wird schon wieder gut."
Zuerst band Flitze Feuerzahn die Arme des Betäubten zusammen. Dann folgten die

Beine. Und nun konnte nichts mehr passieren.
„Komisch“, sagte Flitze Feuerzahn.
Was er in diesem Augenblick komisch fand? Ihm war eingefallen, daß der Räuber ihre Namen genannt hatte. Und ein wenig war dem kleinen grünen Drachen auch die Stimme bekannt vorgekommen.
„Kein Zweifel, der hat vorher alles ausspioniert“, versicherte Rabe Raps. Und er fügte hinzu: „Darüber werden wir bald Näheres wissen, wenn mit dem Verhör begonnen wird.“
Jawohl, ein Verhör mußte sehr bald durchgeführt werden. Es blieb nur zu hoffen, daß der Bösewicht nicht allzu lange schlief.
„Sonst gießen wir ihm eben einen Eimer kaltes Wasser über den Kopf“, meinte Rabe Raps. Wieder stimmte er das Lied an.

# Und jetzt wird verhört

Der Eimer Wasser war nicht nötig. Der Gefesselte schlug bereits nach fünf Minuten das Auge ohne Klappe wieder auf. Übrigens war er nicht unrasiert: Er hatte sich das Gesicht schwarz gefärbt. Wahrscheinlich, um sich unkenntlich zu machen.
Rabe Raps setzte sich auf seine Brust.
„Schönen guten Morgen, der Herr!"
Der Räuber antwortete nicht.
„Ich habe gesagt: Guten Morgen, der Herr!" Rabe Raps wurde schärfer.
„Wo... wo... wo bin ich denn?" stammelte der Mann am Boden.
Rabe Raps lachte schrill. „Jetzt fragt der Schlingel auch noch, wo er ist!" Raps verspürte Lust, ihm gleich wieder eins auf den Kopf zu geben. Doch man wollte ihn

ja verhören.
„Was... was... was... habt ihr denn mit mir gemacht?"
„Kleine Holzhammernarkose", kicherte Rabe Raps, „und anschließend Verschnürung als Postpaket. Und das schicken wir der Polizei."
Der Räuber schloß wieder das Auge. Aber das half ihm nichts. Rabe Raps war nämlich bis zum Hals hinaufspaziert und pickte nun mit dem Schnabel auf das Kinn.
„Der Name bitte!" forderte er zum Reden auf.
„Dr. Brückengold", hauchte der Gefesselte, „Zahnarzt Dr. Brückengold." Er hatte an seinen Füßen den kleinen grünen Drachen entdeckt. „Flitze Feuerzahn, du mußt dich doch an Zahnarzt Dr. Brückengold erinnern!" Langsam wurde er laut und deutlich. „Ich habe dir zwei Backenzähne gezogen und dir den Feuerzahn gereinigt. Erkennst

du mich denn nicht?"
Rabe Raps wandte sich zu seinem Freund um. „Erkennst du diesen Mann?"
Der kleine grüne Drache schüttelte den Kopf. So hatte Zahnarzt Dr. Brückengold nicht ausgesehen. Dies war ein freundlicher, rotbackiger Herr gewesen. In einem sauberen weißen Kittel. Auf keinen Fall hatte Zahnarzt Dr. Brückengold eine Klappe über dem rechten Auge gehabt. Das wäre Flitze Feuerzahn sofort aufgefallen.
Es zuckte Rabe Raps in den Krallen, nach dem Nudelholz zu greifen. Jetzt gab sich dieser Gauner noch als ehrenwerter Zahnarzt aus!
Der Mann wand sich in seinen Fesseln. „Ich habe mich verkleidet, Freunde!" rief er aus. „Ich komme von einem Maskenball!"
Noch einmal schrilles Lachen von Rabe Raps. „Du meinst: von einem Räuberball!"

Den kleinen grünen Drachen beschlichen Zweifel. Weil ihm die Stimme wieder bekannt vorkam. Doch eine Augenklappe hatte Zahnarzt Dr. Brückengold wirklich nicht gehabt. Das konnte er beschwören.
„Die trage ich ja nur zum Spaß!" zeterte der Gefesselte. „Bitte nehmt sie mir doch ab!"
Rabe Raps schüttelte sich. Sollte er vielleicht in eine leere Augenhöhle starren? Nein, so stark waren seine Nerven nicht. Und auch Flitze Feuerzahn fühlte sich überfordert. Zwar hatte er noch nie einen Menschen mit einer Augenklappe gesehen. Doch er war ziemlich sicher, daß er dahinter nichts Schönes erblicken würde.
Um seine Gedanken zu sammeln, war Rabe Raps von dem Mann heruntergehüpft und machte jetzt ein paar Flüge durch den Korridor. Dabei fiel ihm die noch offenstehende Haustür auf. Mit mehreren Schnabelstößen drückte er sie zu.

Aber lauerte womöglich noch ein zweiter Räuber draußen? Er winkte den kleinen grünen Drachen zu sich heran und flüsterte ihm seine Befürchtung ins Ohr.
Natürlich! Es konnten zwei, sogar drei Räuber sein. Und die anderen Spitzbuben hatten die Geräusche im Haus gehört und warteten nun auf einen günstigen Augenblick, um einzudringen.
„Was machen wir jetzt?" Flitze Feuerzahns Herz begann erneut laut zu pochen.
Da war guter Rat teuer. Mit einem Einbrecher war man fertig geworden, doch bei einer ganzen Bande zog man bestimmt den kürzeren. Auf jeden Fall mußte der erste aus dem Korridor entfernt werden. Damit er den anderen kein Zeichen geben konnte. Der kleine grüne Drache und Rabe Raps knoteten den dritten Strick um die Füße und packten ihn am anderen Ende an. Ruckweise zogen sie den eingebundenen

Körper in Käpt'n Buddelmanns Wohnzimmer. Dort wurde er unterhalb des Sofas abgelegt. Das Verhör konnte fortgesetzt werden. Die beiden spähten dabei immer wieder den Korridor entlang.
„Was wolltest du hier, Lügenmaul?" forderte Rabe Raps zu weiteren Aussagen auf.
Der Gefesselte behauptete, wegen eines Geschenks gekommen zu sein. Er hätte es seinem Freund Berthold mit der Post schicken wollen. Doch leider sei dies von ihm vergessen worden. Und nun wollte er das Geschenk der Witwe Kraft übergeben, damit es am Morgen auf dem Geburtstagstisch lag.
Das war ja nun eine kühne Behauptung! Dieser Mensch wollte gar nicht stehlen, er wollte etwas schenken! Und zwar mitten in der Nacht! In der Geisterstunde war er erschienen, um ein Geschenk zu bringen!

Hatte man so etwas schon mal gehört?
„Und wo ist das Geschenk, bitte sehr?" fragte Rabe Raps.
„In meiner Hosentasche."
Der kleine grüne Drache untersuchte die linke Hosentasche. Sie war leer. Der kleine grüne Drache untersuchte die rechte Hosentasche und zog ein Etui heraus.
„In diesem Etui ist eine goldene Uhr", ächzte der Festgenommene, „eine goldene Uhr, die ich meinem Freund zum Geburtstag schenken möchte. Laßt ihr mich jetzt endlich wieder frei?"
Vorsichtig öffnete Rabe Raps das Etui. Tatsächlich befand sich darin eine goldene Uhr. Rabe Raps schloß die Augen.
Auch der kleine grüne Drache staunte.
Rabe Raps klappte das Etui wieder zu. Er legte es auf den Schreibtisch von Käpt'n Buddelmann.
Dann griff er zum Nudelholz.

F

„Er hat die Wahrheit gesagt“, gab der kleine grüne Drache zu bedenken.
Die Wahrheit? Sein Freund Raps glaubte, nicht richtig zu hören.
„Da kommt dieser Schurke von einem anderen Diebeszug, um uns seine Beute als ein Geschenk zu verkaufen!“ krächzte er. Er fügte hinzu: „Wir werden ihm leider wieder eins auf die Räuberbirne geben müssen.“
Der Mann vor dem Sofa bat um Gnade. Doch konnte man so schamloses Lügen ungestraft durchgehen lassen? Man konnte es nicht.
Das Nudelholz traf mit dumpfem Ton.
„Und jetzt widmen wir uns wieder der Beobachtung von Korridor und Tür“, bestimmte Rabe Raps. „Ein zweites Verhör findet dann in Gegenwart von Käpt'n Buddelmann und Witwe Kraft statt.“
Der kleine grüne Drache war einverstan-

den. Draußen hatte sich nichts mehr geregt. So daß mit weiteren Räubern wohl nicht zu rechnen war.
Eigentlich haben wir unsere Sache ganz gut gemacht, dachte Flitze Feuerzahn.

## Ende gut, alles gut

Auch Rabe Raps war mit dem Stand der Dinge zufrieden. Die Mahlzeit hatte man sich jedenfalls verdient. Und da noch Nachschub in der Küche stand, griff man dort abwechselnd zu. Denn die Beobachtung der Tür durfte trotz dem befriedigenden Verlauf nicht unterbrochen werden.
Wie spät war es eigentlich inzwischen?
Die Geisterstunde war längst vorüber. Es ging auf zwei Uhr zu. Nun mußten die beiden Festbesucher aber bald zurückkehren.
Rabe Raps horchte vom Küchenfenster

aus in die Nacht hinein.
Endlich war ein Auto zu hören, das näherkam.
Sofort war Raps wieder im Wohnzimmer. „Ich glaube, sie kommen! Was macht unser müder Mann?"
Der müde Mann machte überhaupt nichts. Und er wachte auch nicht auf, als ihm ins Ohr gekrächzt und gefaucht wurde. Diesmal schien der Schlag vielleicht etwas hart gewesen zu sein.
Rabe Raps gab dem Eindringling einen Backenstreich.
„Man kann auch Ohrfeigen dazu sagen", grinste er, „doch diese Dinger haben weder etwas mit Ohren noch mit Feigen zu tun."
Der zweite Backenstreich ließ ein schnorchelndes Geräusch im Mund des Ruhenden entstehen. Und beim dritten erwachte dieser.
„Auf, auf, sprach der Fuchs zum Hasen!"

spottete Rabe Raps. „Hörst du nicht den Jäger blasen?“

Rabe Raps hatte in der Küche richtig gehört. Das Auto fuhr vor dem Haus Elsterplatz Nummer 1 vor. Die Stimmen von Käpt'n Buddelmann und Witwe Kraft waren zu vernehmen.

„Auf, Matrosen, ohe — In die rauschende See!“ sang Käpt'n Buddelmann.

Auch die Witwe Kraft sang etwas. Aber man konnte nicht genau verstehen, was es war. Es hörte sich nach einem Volkslied an. Es war ein Volkslied. Beim Eintreten in ihr Haus tönte es aus Witwe Krafts Kehle: „Guten Abend, gute Nacht — Von Raps und Feuerzahn bewacht!“

„Nun wollen wir mal sehen, ob die zwei nicht eingenickt sind“, meldete sich Käpt'n Buddelmann. Mit schweren Schritten ging er den Korridor entlang. Er begrüßte den kleinen grünen Drachen und Rabe Raps.

Der Käpt'n legte den Finger an einen nicht vorhandenen Mützenschirm. „Bitte an Bord kommen zu dürfen!" Es wurde ein zweites Mal seemännisch gegrüßt. „Kapitän Buddelmann bittet an Bord kommen zu dürfen! Hat die Wache besondere Vorkommnisse mitzuteilen?"
Rabe Raps wies auf die Gestalt am Boden. Es dauerte eine Weile, ehe Käpt'n Buddelmann begriff, daß ein Mensch vor dem Sofa lag. Der Gefesselte war schon wieder eingeschlafen.
„Und wer ist das?" fragte er.
Der kleine grüne Drache antwortete: „Ein Räuber. Wir haben ihn vorläufig festgenommen."
„Ein Räuber?" rief Käpt'n Buddelmann. Die Witwe Kraft hatte es bis in ihr Schlafzimmer gehört. Wo sie sich eine Orchidee vom Kleid nahm, die ihr auf dem Fest verehrt worden war.

Sie kam angerannt und schlug die Hände über dem Kopf zusammen. Dann mußte sie zum Lehnstuhl geführt werden. Und ihr Mieter holte zur Stärkung aus der Küche einen Pfefferminzlikör.

Der half.

Und er half durch seinen starken Duft auch dem Gefesselten. Plötzlich schlug dieser die Augen auf.

„Berthold“, sagte er leise, „lieber Berthold, ich bin es! Dein Freund Brückengold!“

Beinahe hätte sich Käpt'n Buddelmann vor Staunen auf Witwe Krafts Schoß gesetzt.

„Ich wollte dir eine Uhr zum Geburtstag schenken, Berthold“, fügte der Festgenommene hinzu, „sie liegt auf deinem Schreibtisch. Es ist eine Widmung hinten drauf.“

Unsicher steuerte Käpt'n Buddelmann den Schreibtisch an. Er nahm das Etui und öffnete es. Dann hörte man ihn lesen: „Meinem guten Freund Berthold zum Geburtstag! Brückengold."

Der kleine grüne Drache blickte Rabe Raps an. Rabe Raps blickte den kleinen grünen Drachen an. Die Widmung hatten sie nicht gesehen. Aber der Mann auf dem Boden hatte auch nichts davon gesagt.

Sollte er wirklich Zahnarzt Dr. Brückengold sein?

Witwe Kraft erkannte ihn sofort an dem etwas kleineren linken Nasenloch. In dies hatte sie schon viele Stunden im Leben während der Behandlung hineingestarrt.

Käpt'n Buddelmann riß die Augenbinde herunter und umarmte seinen Freund.

„Ich war auf einem Maskenball", erklärte Brückengold. „Und als hier die Tür offenstand, bin ich hineingegangen."

Schnell nahm ihm Käpt'n Buddelmann die Fesseln ab.

„Aber eure Freunde hielten mich für einen Räuber", fuhr Brückengold mit schwacher

Stimme fort. „Und da haben sie eben ihre Pflicht getan!"
Ihre Pflicht getan! Das hörte sich gut an. Und dazu noch aus dem Mund eines Menschen, dem man mehrmals auf den Kopf geklopft und den man für einen Dieb und Lügner gehalten hatte. Dem kleinen grünen Drachen und Rabe Raps wurde es ganz warm ums Herz. Am liebsten hätten auch sie jetzt Dr. Brückengold umarmt.
„Ich werde uns einen starken Kaffee brauen", empfahl sich Witwe Kraft. Sie hatte sich wieder ganz erholt. Sie begann sogar erneut zu singen, wenn auch ein wenig gedämpfter. Aber nun mit dem richtigen Text des Liedes: „Guten Abend, gute Nacht — Mit Rosen bedacht — Mit Nelken besteckt — Schlupf unter die Deck!"
„Das kommt später!" rief Käpt'n Buddelmann ihr nach. Er drückte Rabe Raps die Kralle und dem kleinen grünen Drachen ei-

ne Vorderpfote und bedankte sich für den vorbildlich geleisteten Wachdienst. Obwohl man ja einen Falschen festgenommen hatte.
„Freund Brückengold trägt euch das bestimmt nicht nach“, lachte Käpt'n Buddelmann, „denn der hat sicherlich auch schon mal jemandem einen gesunden Zahn gezogen.“
Zahnarzt Dr. Brückengold saß nun auf dem Lehnstuhl und trank Pfefferminzlikör. Er prostete dem kleinen grünen Drachen und Rabe Raps zu. „Wenn ich mal zwei Leibwächter brauche, hole ich euch!“
Über diesen Satz mußten die beiden noch lange nachdenken, als sie wieder daheim im Wald waren. Der Morgen zeigte sich bereits am Himmel. Der Tau glitzerte im Gras. Witwe Kraft hatte ihnen einen Korb mit Resten von der Drachenmahlzeit mitgegeben. Sollte man schon vor Sonnenaufgang

ausgiebig frühstücken?
Der kleine grüne Drache fühlte sich dazu nicht mehr in der Lage. „Ich höre immer noch das Nudelholz", sagte er. Dann schlief er erst mal ein bißchen ein.

Hallo, liebe kleine Leseratte,

hat dir das Abenteuer von Flitze Feuerzahn gefallen? Dann möchtest du bestimmt noch mehr von dem kleinen grünen Drachen wissen. Auf der Rückseite dieses Buches findest du alle zur Zeit lieferbaren Flitze-Bände.
Aber es gibt auch noch viele andere spannende Boje-Bücher. Schreib uns doch deine Adresse. Dann bekommst du den neuen bunten Prospekt zugeschickt.